VQ

schweizer kulturstiftung
prohelvetia

„Kapitulation: kapiert", „Bilderbuchuterus", „Russische Nachricht unter einer Tür hindurch:", „Und eines Tages gehst du und nimmst den Hund", „Russians & Mushrooms", „Frau Us W" wurden erstmals veröffentlicht in: Wortwerk No 03 2009

„Tscheljuskinzew Komma" wurde erstmals veröffentlicht in: NowoText, Goethe-Institut Nowosibirsk 2009

„Frau ohne Glück zwischen den Beinen" wurde erstmals veröffentlicht in: Der deutsche Lyrikkalender 2010, Alhambra Publishing

„Sex.doc" wurde erstmals veröffentlicht in: Gomringer/Stauffer, Kleine Menschen, Der gesunde Menschenversand 2010

Verlag Voland & Quist,
Dresden und Leipzig, 2010

Gestaltung:
Matthias Friederich
Tonaufnahmen und Mastering:
Pyromusic, Viereth-Trunstadt
Druck und Bindung:
CPI Moravia, Czech Republic
CD-Produktion:
polycopy, Aachen

www.voland-quist.de

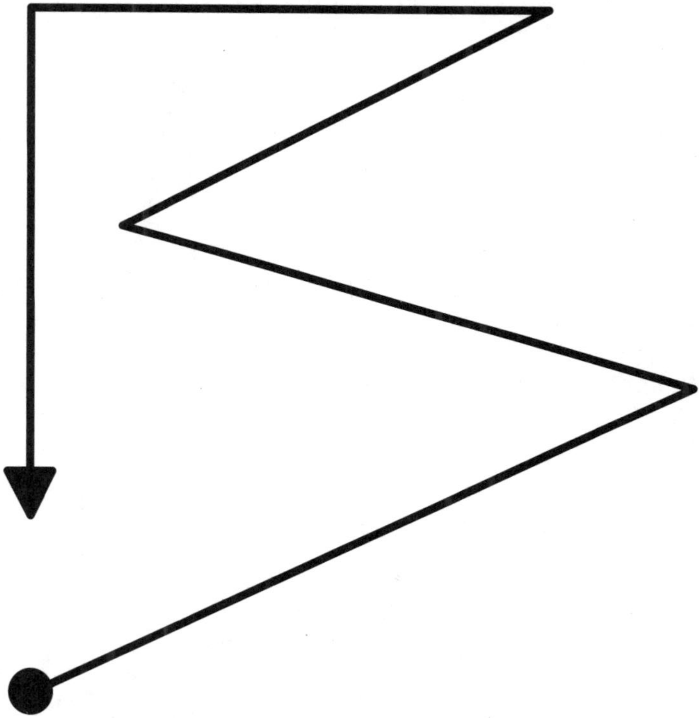

Nora Gomringer

Nachrichten aus der Luft

Verlag Voland & Quist

Nora Gomringer, geboren 1980, ist Schweizerin und Deutsche. Sie lebte u.a. vier Jahre in den USA, wo sie enge Kontakte zur Performance-Poesie-Szene pflegte, und war Gast zahlreicher Poesiefestivals im In- und Ausland (z.B. Roskilde und San Francisco).
Sie veröffentlichte die Gedichtbände „Sag doch mal was zur Nacht" und „Klimaforschung" bei Voland & Quist, außerdem erschienen ihre Texte in Anthologien, Schulbüchern und Zeitschriften. Für ihre Arbeit erhielt sie zahlreiche Auszeichnungen, zuletzt den Preis der Oberfrankenstiftung und die Werkförderung der Pro Helvetia. Seit 2010 leitet sie das Internationale Künstlerhaus Villa Concordia in Bamberg.

W I D M U N G

Diese Nachrichten sind für meine
Mutter, Ulrike Draesner, Jeanette
Winterson und Russia.

Die Luft Deutschlands, der Schweiz,
Venedigs, New Yorks, Pennsylvanias,
Pekings, Russlands und Islands weht
mit ihnen.

Das Buch ist mit freundlicher
Unterstützung der Autorin durch
die Pro Helvetia entstanden.
Geld hilft. Schlicht und ergreifend.

Inhalt

I
Luft-
brücke

11 → 30

II Luft-wege

31 → 56

III Luft-spiegelung

57 → 74

I
Luft-
brücke

Lied für Idiotin

Ist die Herdplatte heiß
Fass ich drauf
Ist die Herdplatte heiß
Fass ich drauf
Ist die Herdplatte heiß
Fass ich drauf
Für dich.

Chinesisches Haustier

Auf unserem Hochzeitsfoto:
Wir zwei: Drache und Phoenix
Jetzt bist du mehr Panda
Und ich dein Wärter

My Husband for a Night

Wir trafen uns um sieben und es
waren sechs Stunden und in diesen
Stunden drei Orgasmen, zwei Eis-
becher, acht Gläser Wein, zwei
Büchsen Fanta, drei Döner, zweimal
Fritten, einmal rot-weiß und nach
der Nacht waren es so viele SMS wie
Döner, die ich tippte, auf die ich null
Antwort erhielt – wissenswert dabei
und unerwartet poetisch im Abgang:
inniglich tippt sich honiglich mit
Worterkennung –

Ich höre: du stirbst.

Das macht, dass mir der Kopf gegen die Wand explodiert. Eine Bluthirnwolke voller Regen blutet auf die Wand. Ich löse mich aus allem ins Nichts auf. Das Nichts ist ein Ort. Kein Leben darin, weil im Nichts nichts lebt. Da bist du jetzt? Das ist doch zum Kotzen.

Ergo: Therapie

Wen es zu berühren gilt, wenn alles stumpf ist
Und mit welchen Mitteln, die anzusehen sind,
Die verschränkt liegen, welche Drogen die Krämpfe
Der Freude lösen und die Tränen aus ihren Kanälen schleusen
Wen die Welt kennt als guten Ernährer und
Zärtlichen Liebhaber, wen kennt die Welt schon?
Es fließt in alles eine Sorge, überirdisch,
Im Voraus bezahlt nach
Einheiten. Mir zwei davon.
Ich liege mich wund, wenn du nicht kommst,
Mein Gehirn umzuwenden.

Wer du bist

So meine ich,
Erkenn ich beim Wegsehen
Wenn alles auffällt, was
Dich grau macht
Beschädigt ist und unhaltbar in
Seiner Unform

Trotz alledem ist dies ein Liebesgedicht
Weil nichts in mir
Das alles nicht wollte

Du fragst mich, ob du vorkommst

Auftauchst in den Zeilen, mit denen ich
Das Geld verdiene
Brot und Butter zahle
Und ich sage: bald
Und siehe da: Da stehst du!
Und es fragt mich in Graz ein 12-Jähriger
Nach der großen Liebe und ich erkläre:
Nicht drauf warten, die braucht man nicht,
Alles obsolet, alles fad, Liebe ist
Und meine Adjektive sind zahllos
Und meine Zitate summ ich, denn
Alles, was ich will, bist du.

Seitensprung

Ein
Nachtnichts

Kapitulation: kapiert

Als nichts mehr ging
Ging ich

Und eines Tages gehst du und nimmst den Hund

Und mit dem Hund alle Erinnerungen
an das Spazieren und Streicheln,
das gemeinsame Liegen und die langen
Sonntage, die Vorgänge am Schnürchen,
das Wuff und das Leck-mich.
Hoffentlich hat der dann Flöhe.

Ich habe dir wehgetan

Dazu habe ich einen Löffel benutzt
Und viele Worte gesagt, die ich vorbereitet
Mir auf die Zunge geschaufelt hatte
Ich habe die Jahre gegen dich verwendet
Das Wissen um uns als Geisel genommen
Habe dich daran erinnert, dass es gelbe Rosen waren
Keine roten.
Du kannst mir alles vorwerfen
Ich habe eine Schütte aufgestellt, von der Stadt
Vor die Türe fahren lassen. Da kannst du alles
Hineinwerfen, was mich betrifft und du nicht haben willst
Du sagst: Hinein kommt nur ein Ding.
Es reizt mich sehr, hineinzusehen, doch halt ich mich zurück
Aus Pietät.
Um 16 Uhr fahren sie die Schütte fort, dein Herz darin.
Ganz blass, noch aufgebläht vor Liebe
Und Verblüffung, wie ich so grausam, du so herzlos
Leben kannst.
Es tut mir leid ist keine Heilung, ist ein beharrlicher
Angriff
Mit einer stumpfen Waffe, einem Reservoir
Von Silberlingen zum Verzehr entnommen.

Wirst du älter, wenn ich nicht bei dir bin?

Das kann nicht sein.
Es muss an meinen Augen liegen, die, weil bei mir,
Ja doch leider, wie auch ich und alles an mir, altern.
So werde ich älter, wenn du nicht bei mir bist.
Das kann sein.
Es muss an deinen Augen liegen, die, weil bei dir,
was ihnen fern, so ganz und gar betrachten.

S E X . D O C

Hü und hott
Du noch hoch
Zu mir hinein
Ich jaaa
Aber erst und dann
Ach so
Ich hab da einen
Mann? Vertrag?
Nein, Zustand
Verliebt, verlobt
Verheimlicht
Ach so
Was soll das
Denn das so?
Damit kann ich umgehen
Ich könnte dich umgeben
Heute nach dem Essen
Wenn du mir
Ein Zeichen
Sonne, Mond und Sterne
Geben wollen würdest
Aber die
Aber das
Sind Anstrengungen
Besonderer Arten
Wie unserer zwei
Also, als ich
Entdeckte, welcher Art
Da erweckte ich etwas
Heißes? Kühles? Kaltes?
Seeehr Altes
Verstehe!
Nicht!
Bei dir könnten wir
Ein Bein heben
Also deines und dich dann
Gegen die Wand
Welche? Die im Flur?
Sicher. Doch ist es
zu verhandeln
Welche Wand und
welches Bein
Auch brauchen wir
Mindestens
Eine Decke, Fläche,
einen Horizont
Auf dem wir
Tabernakeln
Mit deinem Mund
Könnt ich mich
mir versprechen
Denn immer wenn ich sagte
Ich - Ichmichmir
Meint ich in aller Regel
Du - Dudichdir
Ganz im Ernst
Aber der Zustand!
Ja, der ist
Von uns beiden ganz
Unbedacht
Bedenkenswert
Bis fünfzehn zählen
Dann das andere Bein
Mal eines von dir
Um das andere
Von mir aber dann
Und die Arme ablegen
An den Körperseiten
Aber nicht ohne
Diesen Stellen
genügend Beachtung
Rühren, an allem rühren
Bis vermengt
Das Oberste untergehoben
Unter das zuletzt
Hinzugefügte
Wir ergeben einen Teig
Muss ich dich
Ziehen lassen, gehen lassen
Oder gehst du auf?

Was für einer bist du
Und dann mit mir?
Langsam weiß ich
Nichts mehr wirklich
Von der Füllung
Ganz zu schweigen
Bis zehn zählen
Wenn du mich einschlägst
Mürb, mich, in die Decke
Aber wir
Haben doch noch gar nicht
Gewackelt
Gewippt
Den anderen überall
  abgeleckt
Das ist Standard
Wann wurde eigentlich
Am Licht manipuliert
Ist es ausgegangen
Als das Bein
Deines diesmal
Und ich hier
Wie immer
Sagst du
Ich
Nein, sagst du mal
Jetzt bitte gerade mal
  nichts mehr
Ich muss mich
Sehr konzentrieren
Jetzt nicht mehr
Rühren
Hände hoch
Nichts geht mehr
Die Wertsachen alle
Vor mich hin
Gestreckt
So lassen
So sein
So bleiben
So machen
So tun als ob
Wir durch wären
Erkaltet
Erhärten
Als Paar
Oben zu stehen gekommen
Auf einer Torte
Das ist der Zustand,
  den ich meinte
Bis fünf zählen
Und hü und hott

Du Du Du – ein Walzer

Seit ich zwei war
Kind war
Junge Frau war
Mädchen, Mädchen, kichernd war
Halb war
Roh war
Noch nicht Fisch, nicht Fleisch
Seit du mich sahst und
Ich deinem Auge aufging
Tauchte wie ein Bild
Seit ich von dir und deinem Blick
Erfunden
Als Frau zur Frau
Für dich.
Bin ich.

Widmung

Hier
Für, rate wen
Das, rate was
Sein soll, nicht muss
Aber doch soll mit
Ausrufen, Zeichen, Sprache
Früher war ich oft zu scheu
Ein Wort, rate welches
Aus dem Innerland
Zu exilieren, was ein Bezugsfehler
Ja, ja, ich weiß, ich weiß nicht was
Du sprichst viel besser
Diese Sprache, in der du sagtest
Ich – rate – dich
Doch haben wir das
Präteritum erreicht,
In dem wir eine
Rate was – einst waren
Verwalter komplexer
Fragen, Zeichen, Sprache.

Ich war schrecklich

Ab hier
Ab heute
Ab jetzt
Wird aufgeräumt!
Und dein Kopf kommt endlich wieder
Auf den Hals, damit du schauen kannst
Wo du dich verletzt hast
Erinnere dich
Letztens
Erinnere dich mit dem wieder aufgesetzten Kopf
An mich und die Wunden
Ja, ich war hungrig
Und ja, ich habe dich verzehrt
Also musst du dich nicht erinnern,
Mir nur verzeihen.
Das war ja ich.
Ohne dich bin ich schrecklich.
Mit dir war ich schrecklich.
Wenn alles nichts mit dir zu tun hat,
Bin ich tadellos.

Erkenntnis im April

Als in meinem Kopf
Die Tage begannen, zueinander zu laufen
Einander in die Arme, wie Geschwister
Die sich lange nicht gesehen haben
Sie dann untrennbar wurden
Verklumpten, verhärteten zu unteilbaren
Vereinheitlichungen
Begann ich
Die Zeit zu sehen
Die mir fehlte für alles
Für dich, vor allem für dich.
Weil wir uns in allem drehten
    wie Derwische
Wild und tranceartig
Und all mein Bitten um ein Anhalten
Dieses Fortlaufes war unendlich
    vergeblich.

Es ist Wesen und Art meines Liebsten

Die Sprunghaftigkeit seiner Frau als Gelenkverschleiß zu verwarnen. Es ist ihm eine Anstrengung, eine Aufrauung, eine Abtragung seiner Nervenstruktur, die ihn wiederum so verzweifeln lässt, dass er anschwillt, eine Masse und Statur vorgibt, die einschüchtert. Die Nerven seiner Frau reagieren auf diese Vorfälle. Sie schließen sich ab und ein, die Worte und Taten der Liebe schwinden.

Magdlied: Circe

Erlaubst du, dass ich rühre
In diesem Trog
Den Fraß für Schweine
Die eingegebenen Düfte zu einer
Tinktur, erlaubst du's?
Sag ich vollbracht und bin ganz
Kläglich dein am Ende
Aller Tage Sehnsuchtsabende
Voll ungezählten Gähnens
Ich hielt den Atem
Warnend bis du wiederkommen
Würdest, rief ich, bis du
Von diesem fernen Ort,
Außer Hörweite, dafür du einen Pass
Besaßt, als ich noch Bürgerin
Des Staates „uns" und wir
Ein Fürstentum, ganz unbemerkt
Bankrottkrepiert
Ich fragte, erlaubst du und du
Sahst nicht nach, was ich zu tun begann
Und nun sind, mein Fahrender,
Die Schweine tot,
Der Duft ein Glanz und Klang

Schall & Rauch

Frag mich nicht
Nach meinem Namen
Wenn ich ihn nenne
Zähle ich jahrelang die Silben auf
Und du stirbst, ehe du
Ihn hören kannst
Lass uns nicht aufgehalten sein
Von Namenflechtwerk
Drin bin ich Niemand, Lohengrin,
Rumpelstilzchen, Blaubartsraumbewacher,
Bin,
Jaaa!
Bin auch Eurydike, nach der du horchst,
Wenn du nur willst.

Verklärungskonzept

Auch mein Liebster,
Jung und ungebrochen, wird vom Alter
Das ein Wesen ist aus einer Fremde,
Alten Zeit hervorgekrochen
Heimgesucht.
Das Wesen zerrt an seinen Haaren
Bis grau sie nachlassen, aufgeben
Und sich dem Frieden zu Willen
Ergeben und verkriechen ins Vergessen.
An seinen Augenwinkeln seh ich
Wie er selbst das Kind, das er einst war,
Begrüßt im Spiel.
Auch mein Liebster leidet an dem
  dunklen Wissen,
Mich umschließt und alles Miteinander
Mir so kostbar macht.

Liste der Liebe

• Du auf diesem Stuhl, den Kopf in den Nacken gelegt •
• An einem Tag, den wir beide kannten •
• Und wir beide uns darin •
• Um uns Tiere, gewählt nach unserem Vertrauen •
• Und nach den Farben ihrer Felle •
• Du vor einem weißen Gebäude, •
• Ich vor einem dunklen •
• Mit einer Umrahmung aus Holz •
• Und ich in immerneuen Kleidern •
• Eine Flut aus Stoffen •
• Du und ich in einer Landschaft •
• Voller Anhaltspunkte und Fluchtlinien •
• Wo wollten wir hin, wenn wir liefen •
• Rannten, wovor uns verstecken? •
• Ich brachte stets die Lektüre ins Haus •
• Bezahlt von deinem Geld •
• Und vergaß zu kochen •

• Du aber niemals zu essen
• So dass wir völlig ungleich waren, hungrig
• Und aufgelöst in Lettern
• Etwas über dem Stuhl
• War meistens und dem Klischee nach von dir
• Etwas nicht Erledigtes, ein Unzustand
• Von mir hervorgerufen
• Und wenn es um den Kuss
• Eines Lippenpaares auf einem anderen ging
• So war ich schuldiger als du, weil
• Deine einfach stets die schöneren waren
• Den Kindern sagen wir heute
• Ja, einmal
• Und die nicken, als hätten sie unser Alter und
• Tatsächlich einen Bruchteil
• Unserer Eindrücke gesammelt
• Als hätten sie tatsächlich
• Einen Bruchteil von uns in sich versammelt.

Dich nicht gehalten

Mit den Armen, die du gebraucht hättest
Den Seilen, Tauen
Versäumt, dich mit dem Leben
Zu verzurren
Dich atemlos, Atem angehalten
Gesehen und dich
Wie im Film
Vom Absprung, der hohen Kante
Abgleiten gefühlt
Im Nachhinein diese Blindheit
Bemerkt, die im Leben
Völlig unsichtbar geblieben
Einen grün und blau und rot geschlagen
Als wir redeten und redeten
Um nichts, das alles war
Du fehlst uns, dein dunkles Lächeln
Deine Schrägheit, deine gute Hand
Für das, was aufhellt
Wir sind von allem alles stets
Kraftlos, blind, geschlagen
Voller Säumnisse
Vergib von deiner fernen Rast herab
Dass wir dich ließen
Und so nun dich verloren
Geben müssen.

Für Christoph „BIX" + 2009

II Luft-wege

K L E I N E
K O N J U G A T I O N

Ich reise
Du Reis
Er reißt
Sie reibt es
Auf
Wir reisen
Ihr reißt
Sie uns
Auf

In einer Berliner Küche

Bin ich sehr sichtbar
An und für sich heile
Ich, Gänslein,
Drei Tage nur schreiben und essen
Und nachts hinausstehlen
Für ein Bier unter den Menschen
Einen Wasserweinwandlungsbeweis führen
In Dialekten sprechen, die einen Kuss
Am Ende der Nacht fordern
Und auf einer rotbezogenen Couch schlafen
Eine angefressene Pink Lady

Winterfrucht

Schnee wächst auf Höhe der Gurken
Und Frost bei den Möhren und Rüben
Die Früchte Platzhalter des Wartens / vertauscht mit dem Warten
Im Keller die Blumen zu pflücken
Vom Panzer der eingeschlafenen Kröte (des Sommers)
Das Haus steht taub, in ihm verborgen die Feste
Und alles Drama im Winterkörper
Die Glieder gestreckt, der Atem in allen
Unterdrückt bis zum Erntedank, vor dem gesät,
Was gesagt und gesetzt wurde. Der Troll fragt
Und es gibt eine Eindeutigkeit, die nur der Schnee
Zulässt und darin die Spur, die jemandes Weg
Beschreibt in einem Flüstern.

Newton in Neuengland

Immer und immer wieder Newton
Auf den Feldern und als erste Profiteure
Edles Wild, herabgelassen zu schmatzenden
Gästen grüngedeckter Höhen
Die Äpfel tragen Heldennamen von Speisekarten
Die ihre Färbung, den Geschmack wie Weinsorten
An Könige preisgeben, die ihre Töchter
Zu vermählen suchen zwischen Bäumen
Betastet von mexikanischen Händen, die den Herbst
Nicht kennen. So voller Regen und weißer Haut.
Der Vollmond biegt den Stengel
Und eher nah als fern hört das Ohr
Den dumpfen Aufschlag kleiner Helden
Es scheint, die Wissenschaft hält ihre Lese
In dieser Herbst- gen Winterwelt.

Island I

Die Landschaft ein Gebet

So hingestreckt, dass man sich aller Wörter blind erweisen müsste
Was ungehört die Jahre hielt und heute weiter fesselt

Das ist Andacht. Der Moment, der uns verführt zu glauben, dass wir
Tatsächlich wären. Wesen seien, die ein Ziel, Gesetz erreicht, gelebt,
gerettet hätten.

Wo doch in allem nur der kleine Geist
Die kleine Geste reift.

Islan

Einen Knochen gefunde

Kalkweiß und funktion
Mechanisch ausgekerbt, fü
Zu verwenden ist er Heimstat

<Gedicht in einer Art Kapsel>

Gefunden an einem Or
Ablage für die Flächen abgespreng

Die Robben tauchen zwische
Neuen Elemente nördlich de

Dieser Knochen summt vo
Gestorben längst und heit

ISLAND III

An einem schwarzen Strand
Mit einem Boot
Mit einem Haus
Mit einem Pferd
Mit einem Blick
Sagen die Alten
Wäre das Schicksal eine Wartesaalaktion

I

inen Nutzen
ür Moos und Käfer

inem Eisreservoir
on großer Masse

lau und Beweglich, die
etrachtung

nem Tod

S E Q C H A P T E R \h \r 1 Russischstunde

Diese Frau hat in ihrem Kopf,
Was ich brauche
Aus dem Zwischenlippenraum
Strömt, was ich wünsche
Bin ich ehrlich, spiele ich
Mich als Schülerin, bin aber
Längst belehrt

Russians & Mushrooms

Grow everywhere
Have a taste that's delicious
And atomic history in
   their genes
The worms leave
   them when they turn cold
They love one another
Just ask a mushroom

They love those Russians!

S E Q C H A P T E R *h *r 1 Tscheljuskinzew Komma

I

„Unser Freund, Amerika."
„Ist das offizieller Terminus?"
„Nein, das ist in-offizieller Sarkasmus."
So wird es ein politischer Text.
Es ereignen sich Dinge ohne Ereignis.
Abläufe ohne laufen.
Ich wohne, hoch über und fast über hoch
und dort unten, mein Liebling, da

II

Hab ich gesehen, wie die Autos
ausatmen und ihre Fahrer
golden lächeln und sie schienen mir
wie Märchenpersonal. Doch flügellos
und bodenfest.
Die Alten sitzen am Rand, aus den
Wäldern und ihren Gärten an die Ecken

der gefallenen Mauern in der Stadt
geschlurft
Radieschen, Kohl, Zucchini, Kürbis,
Bohnen, Petersil, glatt und kraus,
Kürbis, Tomaten, rund und eierförmig,
Äpfel, Walderdbeeren, Pilze, Pilze,
Körner, Samen, Blumen, Melonen
"Wir liefern sie an, hübschen Mädchen
liefern wir sie frei Haus"
Preiselbeeren, Kartoffeln, Gurken,
kindsförmig
Was willst du? Einen Handschlag,
einen Kuss?
Früher, da waren wir alle rank
nach dem Zusammenbruch der
Sowjetunion
im Jetzt und Hier
wir alle wie ihr.
Fett.
Lenin, der zärtliche Brudervater. Dem
kaufe ich Gurken ab
alter Mann auch dein Mantel weht.

Die Hexen fragen: Du, eine von uns?
Diese Hexe sagt: nein.

III

Aus meinem Tagebuch:
Ich bin mit einem Satz aufgewacht:
*“Und die Stadt spricht mit mir, ganz
offensichtlich”*: raunt sie mir etwas zu,
kritzelt es auf die Mauerwände meiner
Beobachtung, befiehlt es mir, brummt
es mir aus unzähligen Motoren zu
und schreibt es mir ausdrücklich in
die Sinne:
Du musst mich beachten, ich arbeite
hart an mir, meine Kinder sind reich,
meine Alten sind arm und ich gehe in
ein Jahrtausend, das noch vieles sehen
wird, was ich produzieren werde.
Für mein westliches Auge malt das
Kyrillische diese Reden in die Haut der
Stadt. Ich wandere buchstabier-staunend

eine Schriftwelt ab, die mir meine Konzentration abverlangt. Ich lasse sie wie ein paar Schuhe am Eingang meiner Wohnung stehen und laufe ganz ungerichtet in meiner Wohnung umher, in der ich alles benenne, so wie ich es kenne. Und immer mehr denke ich: das ist falsch. Was ich hier Tisch nenne, ist ein russischer Tisch, was ich Apfel nenne, ein russischer Apfel. Der Honig ist Meg, der Saft von Tonus, nicht Tonic, und lerne und lerne von den Dingen, die mir ihre Namen flüstern. Das Russische kostet 500 Rubel die Stunde.

Die auszusprechenden Wörter, ihre Wendungen, ihre Buchstaben, auch ihr Sprecher kosten mich abgezählte Scheine einer fremden Währung. Gegen eine gewisse Summe erhalte ich, danke, bitte, erfreut, Sie kennenzulernen, Tag und Nacht, was kostet, woher kommen

Sie, ich komme aus, mein Name ist
unaussprechlich, ich bin nicht verhei-
ratet, ich war schön, als ich jung war,
nein, ich bin nicht verheiratet.
Nicht? Stimmt mit dir etwas nicht?

Viktor klärt mich auf:
Die russische Sprache sei durch
und durch verletzt und eigentlich
unbrauchbar.

(Wir hoffen beide, dass wir uns an
diesem Nachmittag irren. An dem
wir über die Sprache in einer anderen
sprechen.)

Prosa sähe aus wie Lyrik und Lyrik wie
Prosa. Die Langform, der Vers, wäre
ein korrumpierbarer Wurm im Text.
Er wäre anfällig für Verwechselbarkeit,
Ungenauigkeit. Nistende Motte,
friss-den-Text(er).

(Wie gern würde Viktor Französisch mit mir sprechen. Sein Englisch verrät es mir.)

IV

Woman?
A poet?
What do you write about?
What could you possibly see in this ugly city worth writing about?
Go to Altei!

V

Aber ich möchte hierbleiben. Wenn ich abends meine Straße, die Tscheljuskinzew, nach Hause laufe, laufe ich wirklich nach Hause. Ich stoppe im Laden, kaufe usbekisches Fladenbrot und Grapefruitsaft. Dem Bahnhof entgegen, verstehe ich etwas. Die Portionierbarkeit der Nacht. Was man in sie hereinnimmt und

nicht aus ihr hinaus. Wie die Nacht
die ultimative Zäsur bildet, den Platz
für Ausnahmen schafft. Das ist,
weil die Nacht täuscht und ausstaffiert
und aufweicht und betrunken macht.
Ich trage die Nacht in Tüten, Flaschen,
Dosen, Bechern aus den Läden.
Die Nacht ist eine Ware, ist von einer
bestimmten Wertigkeit. Und Dauer.
Und die Nacht ist über der Stadt
und im Fernsehgerät.
Ja auch da! Die Nacht lächelt:
ein Testbild.

VI

Wir frieren.
Wir spielen Theater.
Wir heiraten.
Wir kriegen Kinder.
Wir leben hier.
Wir mögen Musik.
Wir sprechen die Sprache
der Verrückten.

Wir waren schon immer hier.
Wir kaufen bei Ikea.
Wir fahren ins Blaue.
Wir ernten Äpfel.
Wir planen nie.
Wir kaufen Nestle.
Wir sind Megaphon.
Wir sind Chai.
Wir heiraten nochmal.
Und kriegen weitere Kinder.
Wir besitzen nichts.
Wir lassen uns scheiden.
Wir heiraten wieder.
Wir werden wer.
Wir sind schon fertig.
Wir sehen auf unsere Hände.
Wir schreiben.
Wir lesen.
Wir sind wie wir sind ohne Unterlass.
Hat keiner gesagt, wie von hier ab
  zu verfahren.
Haben einfach irgendwo angesetzt.

Jetzt nähen wir uns aus verschiedenen
    Richtungen an.
Wir sind Stoff und Teppich und Faser.
    Faserland, bring ich mit aus
Deutschland.
Das seid ihr.
Ihr seid wunderschön und klingt
    wunderschön und
Ihr seid durch
Und durch.
Seid ihr.

VII

Es wird mir der Winter beschrieben:
Sky darker than ground
Es wird gesagt,
dass der Schnee schwarz sein wird,
    wenn ich wiederkomme
Ich sage: aber das ist doch nicht nötig,
    nehm auch den weißen
Haha
Die Geräusche im Haus sind fremd,

wenn die Kälte kommt in der Nacht.
Die Inbetriebnahme der Heizungen,
die ist mit einem Geräusch verbunden,
das an Dinosaurier in den Rohren
denken lässt.
Gewaltiges, das durch Zartes geboren
werden will.
Die Wände beben.
Die Herzen heben sich, weil sie heiß
sind und nach oben steigen.
Sie verdampfen eine Menge Flüssigkeit
und werden eng über den Winter,
weiten sich erst wieder in der Sonne,
im Frühling.

VIII

Zedern und Birken und Zedern und
Birken und
wo habe ich diese Bäume so stark
gesehen
noch nie war ich voll Vertrauens in
einen dekorativen Baum
Birken nicht wie Mädchen, wie junge
Riesinnen
bei Ausflügen verzaubert und blühend
gemacht und
Akademgorodok und ich und die
Mammuts
und Plastikpandas zu ihren Füßen
und der Wunsch
nach Permafrosterweckung und
Freiheit und
was es hier alles gibt, was ich nie
gesehen habe,
obwohl es mich auch angeht und es
mir viel hätte
begreiflich
machen können

IX
Ein Land wie ein Jahrmarktsbudentrick

Sehen Sie hier
Kommen Sie gleich
Hier wird etwas
Hier war schon mal
Staunen werden Sie
Wünschen werden Sie
dass das alles
... mir egal ist ...
schreit einer von vorne und
einer von hinten
Tania erklärt:
„alle Gopniki, alle Egalen“

Sehen Sie hier, kommen Sie gleich
Darüber informiert, wie tödlich die
    Stadt, wie sie es abgesehen hat
auf die Neuangekommenen, die
    Fremden, die Künstler, die Dichter im
        Besonderen.

Wie der Gürtel den Mann macht und
    wie du ohne Gürtel nichts bist.
Wo sind eigentlich die Blinden der Stadt,
    ihre Tauben und Gehbehinderten.
Wie steigen sie die Bürgersteige hoch,
    die unerwartete Krater werfen,
als würde der Asphalt in Blasen
    sprechen und sich an mancher Ecke
verplappert haben.

Hier wird etwas, hier war schon mal

Es sind die reizenden Frauen, die zarten,
bestrumpften, hochhackigen, steifen,
ernsten, haarlangen, die heftigen,
herben, nach denen ich gefragt werde.
Sind sie nicht schön?
Doch, sie sind schön.
Und dass sie klug sind?
Ja, das ist auch herrlich.
Jede Puppe eine Professorin.

Für jede Puppenstube ein leeres
    Sprechzimmer,
nehme ich an.

Kommen Sie her, sehen Sie gleich

X

Russische Nachricht unter einer Tür
hindurch:

Halt deinen schönen Mund, der *Rot*
    heißt und
das Mündchen, das *Rotik*, dazu!
Halt die beiden und wart auf mich.
Dein E.

XI

Züge, hier
Flüsse und Schienen, das verstehe ich
Adern und Venen Russlands
hübsche Rüschen an den Schürzen
    und Vorhängen

der Lidstrich im perfekten Gesicht
Sorgfalt, wo keiner schaut
Und wo man schaut:
so tun, also ob nichts
alles wäre und natürlich
alles nichts.

XII

Novosibirskje
Lieblich
sfkusna
für die Zunge ein Kuss
diese Pralinen
dieser Stadt
meine Hand, mein Vermissen,
    meine Sehnsucht
meine Jahrmarktsbudentrick-
    begeisterung
in der Tscheljuskinzew, hoch über
heißen Herzens atme ich aus
atme ich ein: weißer Atem am Morgen
Entdeckerstraße, gib mir ein Zeichen!

XIII

Iupiter Autohaus:
zwei für den Preis von einem
Es formt sich die Wolke
hinter dem Bahnhof, ein Fingerzeig
was will ich?
Mehr
Fragezeichen

Nowosibirsk 2008

Nach meiner Ankunft, hier

Blitze wohnen im Tal
Wetter hängt drei Stunden weiter
An einem Busch bei Moskau
Wo die Sterne rot scheinen
Am Himmel immer eine Sichel
Und in irgendeiner Hand auch ein Hammer
Ähren auf den Feldern, Fassaden
Es leuchtet mir heim bei den Schreibern
So grell das Schwarz auf Weiß
Die Reden vom Nichtbeschreibbaren
Herz geht mir auf
Stirn geht mir über
Magen beschwert sich
Angelangt zwischen den Bergen
Und wer ist man (ein Meermensch)
Und wie arbeitet man
Und wo wär man so gern, jetzt

Nothing romantic about China

Rabbits in trees
Dragons on boxes
Red underwear when your year is called
Phoenix marries and must not receive pears
And if you are with child: wear socks
Cook those blossoms of trees and bushes
And comb your hair with a hint of jade
Grind the tiger, boil the turtle out of its shell
Obey the eight and fear the half of it
And never turn a fish on your plate
Tattoo the koi and spoil your child before it turns six
And rotten
And know that parks are lovers' terrain
When the sun goes down
On your Western ideas and you steal through them
Too embarassed to look

III
Luft-
spiegelung

Versuch der Vermengung zur Erfüllung

Ich habe den Wunsch, ein Gedicht
Zu sprechen, während ich einen Kuchen rühre.
In die Teigmasse soll einfließen, was gesagt wird,
Aber auch, was verstanden wird,
Wenn einer den Mund aufmacht und mehr tut als atmen.
Ob es die Masse informiert?
Ob es den Kuchen speist?
Ob es einen satt macht, wenn ich ein Gedicht backe
Und einen Kuchen sprechen lasse?

Demografisches Scherzo

Ich mache das nicht zum Vergnügen
Das Auflösen in Sprache
Wie eine Tablette
Und vor ihr ein Schmerz
Ich mache das nicht zum Vergnügen
Diese Gefälligkeit, das Lächeln
Die Stimme moduliert vorgeführt
Ein Vogel hinter bebänderter Voliere
Ein Kehlentier
Behauster Leib
Wie soll ich darauf antworten?
Bin ein Opfer, weil ich so sozial bin.
Ja, sieben.
Derer drei, aber die nehmen zu.
Gedichte ergänzen zu Gedichten.
Vor der Lyrik kann man Angst bekommen.
Nachts, wenn sie sich abspielt,
Keinen versöhnlichen Ton trifft.
Schleicht wie ein Igor, Gehilfe
Das Pflaster auf und ab
In diesen alten Städten, in denen
Dichter wohnen, immer neue Dichter werden.
Wo führt das hin?
Dieses ewige Werden, wo sollen diese Dichter leben?
Ich mache das nicht zum Vergnügen,
Doch muss ich sagen, es vergnügt mich.

Haushaltsjahr

Am Ende sind wir bei Null
Im besten Falle
Beide in den Armen
Anderer sicher und warm
Deren Tücher, getrocknet,
In Stuben beheizt mit den Hölzern
Fremder Wälder – was dann noch
Brennt wird übers neue Jahr
Verschwinden
Um uns die Borke
In uns die Käfer schleichen ein
In unser Dach
Damit wir einjährig abgehandelt.

Heißt du wie ich

Diese Verlegenheit, die sich
Ergibt, wenn einer heißt wie
Man selbst und man gezwungen
Ist, sich als besser im Namen
Gekleidet zu erweisen
Die Eltern als klüger herauszustellen
Die, die einen bei diesem
Nun völlig aufgelösten Namensbanne
Beschwören, ihnen Trost zusprechen:
Ich bin noch eure, aber
Von jetzt ab gibt es mich
Ein lobenswertes zweites Mal
So kann auch ich verschwinden

In unserem Dorf

Im Briefkasten,
So einer großen Box, die erstmals aufgestellt wurde,
    als die Zeitung nicht mehr ausgetragen werden sollte
        – denn wer könnte das noch bezahlen – und man
            stattdessen auf eigenverantwortliche Distribution setzte,
Findet sich im Herbst
Eine unverdächtige Zahl von Blättern
Unbeschrieben, frei von Ursprung, Richtung
Und Ziel, so dass ich denke, alle kämen von dir
Und keines kehre je zurück in deinen Besitz.
Vielleicht hat auch der Wind sie dort
Abgelegt oder eine Mutter, die ihre Kinder
Nicht vergehen lassen kann.
In unserem Dorf heben wir solche Zustände auf.
Wir beobachten Wege und flüstern Schritte.
Wir geben etwas auf die Zeichen aus Irgendwo.

B A U E R N I D Y L L E

Vater
Mutter
Rind

Hab vergessen

Zu benennen wie die Straßen
Die Dinger auf denen die Tassen
Im Regal dort hinten in der Auffahrt
Steh ich nackt
Die Haare offen trag ich deinen Ring
Kommt ein Mann täglich
Wie ein, wie heißen die
Will mich Kindlein wiegen
Streichelt über meine Wange, denk ich
Mörder, du, Dieb, Sie, lassen Sie das
Bitte weitermachen, unablässig
Riech ich nach Arnika, alte Frau
Rufen sie mir zu, ich frage sie,
wen, meint ihr damit
Steh ich nackt in der Auffahrt
Hab vergessen

Dr. T & The Women

Reigenmelodien summen:
Stempel und Spekulum und Spritzen
Die Hormone zu filtern
Ein Tunnelsystem in den Leibern
Hindurch die Kapseln, Säfte, Sänften
Für Gefühle
– Wenn die Kinder fragen: Gefühle sehen aus wie
Mit Mandeln gefüllte Oliven, die Seele wie die Leber eines Kalbes und
Die Liebe wie die Stelle zwischen den Augen, auf die man sehen kann,
Ohne ein Auge zu betrügen.
Die Tage in den Leben der Frauen
Bestimmt vom Stand des Höschenbandes
Die Fragen in den Leben der Frauen
Bestimmt vom Accessoire: dem Kind,
Dem Haus, dem Gatten.
Von einem Mann lasse ich mich einstellen
Auf ein Leben allein in Weiblichkeit.
Er schickt mich hinaus in eine durch
Und durch warme, überhitzte Welt,
In der die Wesen der Hitze verkehren
Und sich mit den Wesen der Kälte kreuzen.
Wer fragt nach heißem Wasser, Tüchern?
Jedes neue Leben im Klischee.

Kollektivhelden

Wir kartografieren,
Wir stehlen nicht.
Wir gehen herum und nehmen die Elle, die Speiche,
Wir tragen nichts fort.
Wir trauern,
Wir verhandeln wieder und wieder.
Wir polstern,
Wir weinen in den Samt.
Wir tragen Hüte,
Wir kaufen Blumen mit beißendem Duft.
Wir fabulieren,
Wir warten auf den Tag, auf dem morgen steht.
Wir trinken,
Wir stehlen uns fort.
Wir beten,
Wir wünschen uns weg.
Wir sind eigen in unseren Taten,
Wir sind vergangen, sagen die Bücher.

Die Freundin klagt:

Mit mir reden sie über andere Frauen
Andere Pläne, immer solche ohne mich
Sie schließen Türen vor mir, hinter sich
Schließen sich ein, mich aus
Um vor allem allein zu sein, vor allen, vor mir

Ich weiß nicht, wie auf diese Klage
Reagieren, außer zu sagen:
Zum Mond, die alle!
Und du gleich mit
Oder zuerst, damit in
Abgeschiedenheit und Einsicht
Die Liebe endlich landet.

Frau ohne Glück zwischen den Beinen

Zwischen den Gehirnhälften
Zwischen den Zeilen
Frau ohne Ring am Finger
Ohne Schwiegereltern
Ohne Schwiegereltern über das kleine Bett gebeugt
Ohne Schwiegereltern über das kleine Bett gebeugt
 und ein Kind ansprechend
Ohne rote Lippen
Ohne glatte Haut an den Händen, den Brüsten und Füßen
Frau ohne Süße und ohne Säure
Frau ohne Zopf und ohne Glanz und ohne Babygeruch
Frau ohne Morgenmantel
Frau ohne Vertrag
Frau ohne Festanstellung
Frau eines Mannes ohne Zukunft
Frau ohne Mann
Frau ohne Mann einer Freundin
Frau ohne Herz, ohne Nieren, ohne Visa
Frau ohne Klitoris
Dildogerät, Stimmung, Orgasmus
Frau mit Wunsch nach Ruhe und Frieden
Zwischen den Brauen, den Brüsten
Frau ohne Aussichten mit wenigen Dioptrien

Bilderbuchuterus

Wie schön alles in Ihnen doch liegt
Das macht einiges wett
So malerisch, was ich ertaste
Formbeständig und wohl-organ-isiert
So etwas ist ererbt, Ihre Mutter
Muss sehr schön gewesen sein
(unten herum)
Da kann werden und schlüpfen
Auch nisten wird leicht
Gerade hier ist alles ganz
Vortrefflich. Aufgeklappt
Schau ich Ihnen niemals
In die Augen, Madame

Von allen guten Geistern
Verlassen, verloren und wiedergefunden
Vom Herrn, der mich zur Rechten
Erhebt. Wo ist das? denke ich und
Schlafe weiter, Dornenröschen
Von guten Mächten wunderbar
Verborgen in den Seiten
Alter Bücher
Lippen aufgestellt, geschürzt
Dass ja keiner kommt,
Der mich nicht irritiert.

Fliegengitter

Malen-nach-Zahlen-Wälder,
Der Fluss, die Badenden.
Durch winzige Fadenkreuze
Den Blick schießen und immer ein Ziel
Treffen, auch dem Geräusch nach.
Eine Verschiebung des Fokus,
Eine Generalisierung des Blicks
Bei der Konzentration auf das Gitter
Im Vordergrund die Welt
Eine ganz andere
Und alles darüber hinaus: Annahme,
Spekulation. So spricht ein Exilant,
Einer von weit, von oben.
Einer mit zwei Brennpunkten und
Versengtem Hemdstoff.
Die Fliegen, die mit tausend Augen
Tausend Dinge ansehen können.
Müssen.

Monster Poem

Dieses Mädchen unterirdisch aufgehoben
Und dort von den Zwergen umgeben
Die sie ausschürften wie Mutter Erde
Von einem Troll gehegt
War immer da, nur unsichtbar und daher
Ohne Forderung. Wen wir nicht sehen,
Müssen wir nicht achten.
Die Toten sind Ausnahmswaisen.

Herztöne

Die gesamte Schwangerschaft hindurch habe ich geträumt, ich würde einen Fisch gebären. Nach 147 Tagen Tragzeit würde mir ein Fisch entschlüpfen, sich nach mir umwenden und mich anlächeln. Neun Monate schimmerte diese Idee durch meine Nächte und hinterließ mir Gedankenfetzen, groß wie Fischschuppen.

Das Leben angehalten

Abrupt abgestoppt
An einer Kreuzung
Alles passiert immer an einer Kreuzung
Von wichtig zu unwichtig
Das ist eine Wegmarkierung
Und eine Bushaltestelle des Teufels
Hier steigt er ein vor dir
Und wartet, hält den Platz neben sich frei
Den meisten wird schlecht bei der Fahrt
Irgendwann gibt einer auf
Setzt sich vor, starrt auf die Streifen.

Frau Us W

Schreiben uns: Hirn blutet, Backe blau
Trösten uns: morgen, besser, alles, bald
sowieso
Wollen uns: treffen, beschenken, anhören
hinter den Türen die Welt
lassen! Himmelherrgott
Ich komm mit Alkohol, Schokolade, einem König
Lass mich dann rein, sag ich,
kreideflüsternd, Draeslein.

Fressfeinde der Autoren

Da es keine gibt
Vermehren sie sich ungehindert
Die Produkte der Autoren
Sollen alle schlucken
Allein vier Seiten reizen mein Blut
Wieder lese ich Darwin, Schopenhauer,
Den Playboy zur Beruhigung und wünsche mir
Einen Fressfeind statt einer weichen Nische
In der Existenz.

Das Ensemble

Die Großen kehrten niemals heim
Hamlet, Ophelia, Lear, selbst Faust und Nathan
Und Frau Marthe lagen unter allen anderen
Im Ghetto nach der Räumung,
In der Dusche nach dem Gas.
So saß meine Mutter, weinend
Als auch die Zweitbesetzung
Nicht kam, die neuen Spielzeiten zu eröffnen.

Questions about the Dog

For Jeanette Winterson

When will the dog return?
When is it time to look up,
stretch our arms towards the sky?
When will we have to have the dog food, the love prepared?
Will we have a psychiatrist on hold right then?

When will the dog return?
Will we be forgiven?
Is there a lawyer we will have to deal with?
Is using "good words" a strategy?
Can I light a candle for the dog in this church?

Is this dog baptized?
Has anyone seen the dog yet, its capsule?
Are we guilty? How much animal is in our love?
Can we be certain that space is our bigger mother?

Doesn't anybody like Earth anymore?
What's the dog's name again?
Don't you hate having to ask again?
Do you copy? Is there a dog with you, out there, Atlas?
And could you, please, send her home to us?

01 Lied für Idiotin
02 Chinesisches Haustier
03 My Husband for a Night
04 Du fragst mich, ob du vorkommst
05 Seitensprung
06 Kapitulation: kapiert
07 Und eines Tages gehst du und nimmst den Hund
08 Ich habe dir wehgetan
09 Sex.doc
10 Du Du Du – Ein Walzer
11 Widmung
12 Ich war schrecklich
13 Erkenntnis im April
14 Es ist Wesen und Art meines Liebsten
15 Magdlied: Circe
16 Liste der Liebe
17 Dich nicht gehalten
18 In einer Berliner Küche
19 Winterfrucht
20 Newton in Neuengland
21 Island I II III
22 Tscheljuskinzew Komma
23 Nach meiner Ankunft, hier
24 Bauernidylle
25 Hab vergessen
26 Frau ohne Glück zwischen den Beinen
27 Bilderbuchuterus
28 Frau Us W
29 Das Ensemble
30 Modern*
31 Questions about the Dog

*Nur auf CD

Weitere Titel von Nora Gomringer bei Voland & Quist:

„So etwas hat die kleine deutsche
Lyrik-Welt schon lange nicht mehr erlebt …
eine sprachbesessene Poetin."
(Freitag)

Nora Gomringer
Klimaforschung

Buch mit Audio CD
96 Seiten
ISBN 978-3-938424-32-2
14,90 Euro (D)

„Sprachliche Vielfalt, unverbraucht und ohne Scheu vor Experimenten."
Süddeutsche Zeitung

Nora Gomringer
Sag doch mal was zur Nacht

Buch mit Audio CD
80 Seiten
ISBN 978-3-938424-13-1
12,80 Euro (D)